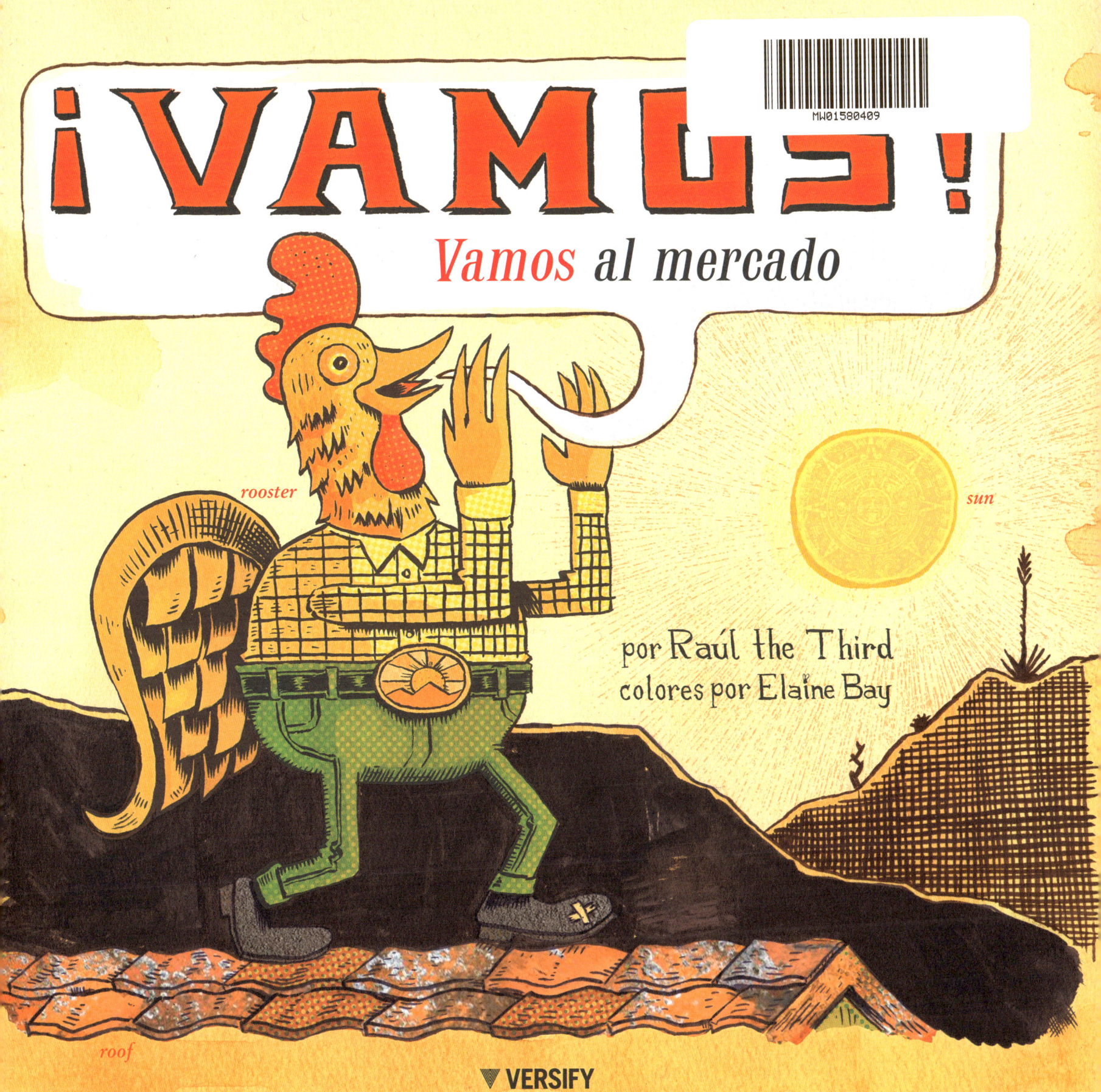

*A Arielle Eckstut por invitarme a emprender esta travesía
y a mi prima Annette Torres por tomar fotografías fantásticas
de mi inspiración, El Mercado Cuauhtémoc en Juárez.
—Raúl*

*A mi mamá por enseñarme a colorear.
—Elaine*

Versify es un sello de HarperCollins Publishers.
HarperCollins Español es un sello de HarperCollins Publishers.

¡Vamos! Vamos al mercado
Copyright de texto y las ilustraciones © 2019 de Raúl Gonzalez III
Copyright de la traducción © 2024 de Bertha Pancorvo
¡Vamos! es una marca registrada de Raúl Gonzalez.
Todos los derechos reservados. Hecho en Italia.
Ninguna parte de este libro puede ser usada o reproducida de ninguna manera sin permiso por escrito,
excepto en el caso de breves citas insertadas en artículos críticos y reseñas. Para más información,
diríjase a HarperCollins Children's Books, una división de HarperCollins Publishers, 195 Broadway, New York, NY 10007.
www.harpercollinschildrens.com

ISBN 978-0-06-331910-3

Para crear las ilustraciones de este libro, los artistas utilizaron tinta sobre cartulina Bristol de placa lisa con Adobe Photoshop para dar color.
Escritura a mano por Raúl Gonzalez III
24 25 26 27 28 RTLO 10 9 8 7 6 5 4 3 2 1

La edición original en inglés de este libro fue publicada por Versify, un sello de HarperCollins Publishers, en 2019.

Hoy Little Lobo tiene que entregar artículos muy necesarios a personas en el Mercado.

pigeon

MERCADO

Revisa su lista para ver qué necesita colocar en su carrito.

storage room

list

shoe polish – crema de zapatos
clothespins – pinzas para la ropa
wood – madera
tissue paper – papel de seda
paint brushes – pinceles
Golden laces – cordones de oro

STUFF
COSAS

LOBO'S ★ delivery ★

barrel

¡Ding! ¡Ding! ¡Ding!
¡Algo sí que huele bien!

Churros with cinnamon and sugar!*

*¡Churros con canela y azúcar!

El señor Mosca acomoda todos los dulces que vende en su puesto. Little Lobo tiene muchos favoritos. ¿Qué escogerá hoy?

BANDERA DE COCO

MANGO ENCHILADO

CALAVERA DE AZÚCAR

DULCE DE CACAHUATE

*¿Qué se te antoja?

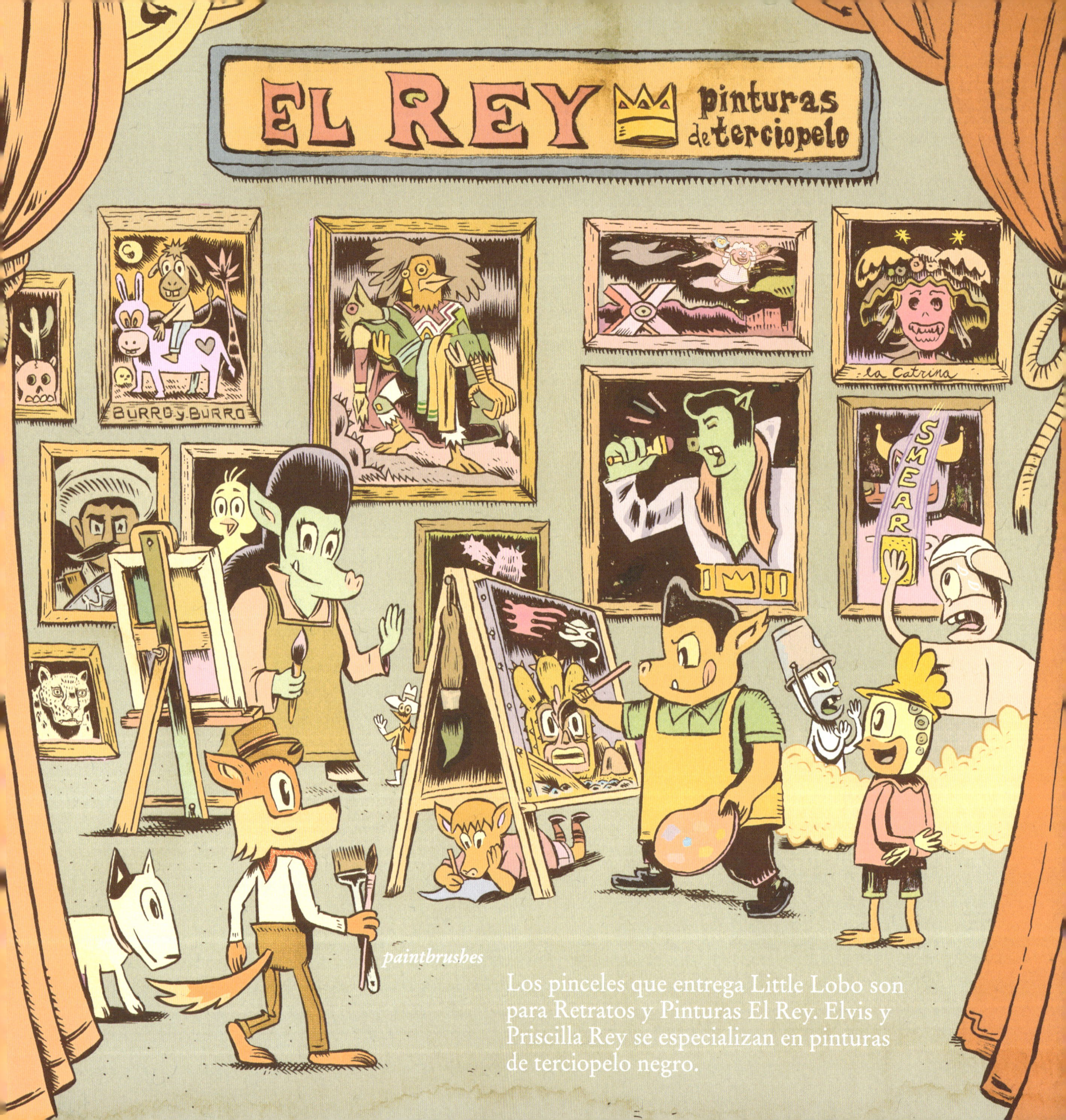

"Qué gusto verte, Little Lobo. Aquí está el retrato que te ofrecí."

portrait

Al revisar su carrito, Little Lobo ve que ha recogido tantas cosas como las que ha entregado. Solo le queda un artículo por entregar. Los Cordones de Oro, the Golden Laces.

paw

painting

GLOSARIO*

* Estas son solo algunas de las palabras que se encuentran en el cuento de Little Lobo. ¡No dejes de buscar otras que no conozcas en un diccionario inglés-español!

Bad luck – (La) Mala suerte
Bananas – (Los) Plátanos
Barrel – (El) Barril
Bed – (La) Cama
Bedroom – (El) Cuarto
Books – (Los) Libros
Booth – (El) Puesto
Boxes – (Las) Cajas
Breakfast – (El) Desayuno
Broom – (La) Escoba
Cap – (La) Cachucha
Cash register – (La) Caja
Champ – (El) Campeón
Cheese – (El) Queso
Clothespins – (Las) Pinzas para la ropa
Delivery – (La) Entrega
Desert – (El) Desierto
Dog – (El) Perro
Donkey – (El) Burro
Fire – (El) Fuego
Folk dancer – (El) Bailador folklórico
Fountain – (La) Fuente
Golden laces – (Los) Cordones de oro
Good luck – (La) Buena suerte
Handmade – Hecho a mano
Hat – (El) Sombrero
Home – (El) Hogar
House – (La) Casa
Ice – (El) Hielo
Jars – (Los) Jarros
Line – (La) Fila
List – (La) Lista
Little old lady – (La) Viejita
Love – (El) Amor
Magazine – (La) Revista
Magic – (La) Magia
Mailbox – (El) Buzón
Marbles – (Las) Canicas
Market – (El) Mercado
Masks – (Las) Máscaras
Money – (El) Dinero
Moon – (La) Luna
Motorcycle – (La) Motocicleta
Mountain – (La) Montaña
Newspaper – (El) Periódico
Night – (La) Noche
Owl – (El) Búho
Paintbrushes – (Los) Pinceles
Painting – (La) Pintura
Paw – (La) Pata
Pigeon – (La) Paloma
Portrait – (El) Retrato
Pot – (La) Olla
Prickly pear cactus – (El) Nopal
Puppets – (Los) Títeres
Rock – (La) Piedra
Roof – (El) Techo
Rooster – (El) Gallo
Saddle – (La) Silla de montar
Scissors – (Las) Tijeras
Seating – (Los) Asientos
Shoe polish – (La) Crema de zapatos
Shoeshine woman – (La) Bolera
Sidewalk – (La) Acera
Small plaza – (La) Placita
Squeak – (El) Chillido
Stars – (Las) Estrellas
Statue – (La) Estatua
Storage room – (La) Despensa
Stores – (Las) Tiendas
Street – (La) Calle
Street performers – (Los) Artistas callejeros
Strongman – (El) Hombre fuerte
Stuff – (Las) Cosas
Sun – (El) Sol
Town – (El) Pueblo
Toys – (Los) Juguetes
Wagon – (El) Carrito
(To) Wait – Esperar
Warehouse – (El) Almacén
Wear – (La) Ropa
Window – (La) Ventana
Wood – (La) Madera
Work – (El) Trabajo
Wrestler – (El) Luchador
Wrestling – (La) Lucha libre
Wrestling ring – (El) Ring de lucha libre